胡杰 著

# 贴着时光行走

陕西新华出版传媒集团
陕 西 人 民 出 版 社

**图书在版编目（CIP）数据**

贴着时光行走／胡杰著. — 西安：陕西人民出版社，2019

ISBN 978-7-224-13288-5

Ⅰ. ①贴… Ⅱ. ①胡… Ⅲ. ①诗集—中国—当代
Ⅳ. ①I227

中国版本图书馆 CIP 数据核字（2019）第 148362 号

**责任编辑：** 贺治博　左　文
**封面设计：** 赵文君

**贴着时光行走**

**作　　者** 胡　杰
**出版发行** 陕西新华出版传媒集团　陕西人民出版社
（西安北大街 147 号　邮编：710003）
**印　　刷** 陕西汇丰印务有限公司
**开　　本** 889 毫米×1240 毫米　1/32
**印　　张** 7
**插　　页** 2
**字　　数** 128 千字
**版　　次** 2019 年 10 月第 1 版
**印　　次** 2019 年 10 月第 1 次印刷
**书　　号** ISBN 978-7-224-13288-5
**定　　价** 46.00 元

---

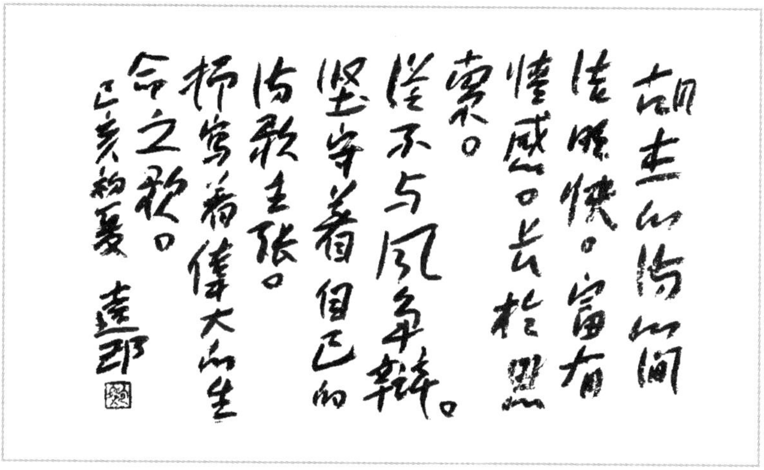


远村：中国作家协会会员、《各界》杂志总编、西安财经大学人文学院研究员、著名诗人和书画家，曾获《文学报》诗歌一等奖、陕西省首届青年文艺创作奖、双五文学奖、第二届柳青文学奖等奖项，出版《浮土与苍生》等6部诗集、《错误的房子》等2部散文集、《远村的诗书画》等5部诗书画集。

# 心灵的清泉与安静的诗学

谭旭东

一个偶然的机会，与胡杰相遇。今年初夏，我受学校派遣，去西安给几所陕西省的重点高中做讲座，胡杰所在的西安中学，就是其中之一。在那里，我们初次见面，而且一见如故。

胡杰比较清瘦，但很健朗，更巧的是，他老家也是湖南的，一开始聊天，我们就因为乡情拉近了距离。当然，读了胡杰的诗，对他的好感顿时倍增。一位长期在一线教学的语文老师，一直坚持写诗，写散文，而且在陕西这片文学土壤上，竟然扎下了根，也收获了比较好的诗名，这是很不容易的。众所周知，文学陕军一向是了不得的，当代文学里，这里的诗人和作家可是占据了不知多少新闻媒体的版面，也占据了不知多少纯文学期刊的头条。所以，在陕西写诗作文，自然是不一样的感觉。

胡杰的诗集《贴着时光行走》，一看标题，就让人喜爱。读了整部诗集里的作品，觉得这个书名定得很好，对诗人写作的姿态做了一个很准确的诠释与表达。贴着时光行走，这是多么好的一种写作，这是多么有意义的诗意追求。读其诗，我有三点感想。

第一，来自生活。胡杰的诗不无病呻吟，都是来自生活的。他写家乡，写亲人，写城市，写季节，写古城墙，写灯光，写他所熟悉并经历过的生活和世界，所以，他笔下的诗，有生活的真切体验，有对世界的真切感悟。如诗集的第一首《村庄》，开头就是诗人倾诉对故乡村庄的想念："想起村庄/就闻到了乡愁的味道/故土的味道"，这首诗是诗人远离故乡后的乡愁，也是乡村孩子本真的执念。在诗的最后，诗人说，"这样的村庄/注定不是一个有/惊心动魄故事的村庄/但我喜欢/它的静/它的慢/以及连接天地间的/烟火味道"，这里，诗人肯定了村庄生活的静和慢，这是对照都市生活后的判断，是诗人感受城乡生活巨大反差之后的抒情。《行者》这首诗，"行者"就是一个自喻意象，从乡村到都市，诗人就是一个孤独的"行者"，但幸福的是，路途上始终有母亲的叮嘱和爱的呵护："燃烧的夜色/未能照亮你回家的路/故乡/孤岛上/寄宿灵魂的旅馆/没有耳朵的声音/在你身后追赶/像母亲/叮嘱你/路途遥远　小心着凉"。他的《田埂》《家》《蚂蚁搬家》《酒杯》《冬至》《早起的鸟儿》《读信》等等，都是如此，来自生活，有感而发。判断一个诗人是否是真正的诗人，不但要看他对美的态度，还要看他对生活的态度。美与价值观，也就是人们常说的艺术与思想，是诗人的标尺。显然，胡杰对生活的态度是真诚的，他的写作是立足于自我的经验，并从生活中汲取营养的元素，使自己的诗变得厚实而富含生命的力量。

第二，发自心灵。胡杰写诗，有感而发，不故作深沉，也不装腔作势。他写的诗都是心灵的跳动、情感的旋律，读起来，有的好似小溪叮咚，有的好似鸟儿啁啾，有的好似一阵柔风在轻轻吹拂。读他的诗，好像与他的心灵对话，而他写诗，也是在用心与读者对话。如《夜读》：“风一遍遍/一遍遍/梳理着枯黄的树叶/写满时光沧桑的树叶/正如我/现在翻阅的/这本古书……”夜读，是诗人心灵的对话，他用文字与世界对话，他的诗，就是诗人主体与外部世界联通的桥梁。如《告诉你》：“我不能告诉你/更多的你想知道的秘密/或许我也不知道//但我要告诉你/昨晚我听见了/河水解冻的声音/那是春天的声音//哦/那是春天/那是希望”。这首诗是倾诉，“告诉你”，是一种直白的倾诉方式，但诗里有对爱与希望的呼唤，因此，这首诗孤独的毫无回响的倾诉，是内心碰撞后的火花。胡杰的诗里有一个物理空间和精神空间的交互式的构建。《春雷》《一只鸟儿对我叫》《秋天的语言》等诗中，是诗人内心与自然的交流；《拒绝》《等待》《迷失》《这些年》等诗里，是诗人与自我和生活的对话。因此，胡杰的诗是一种对话的诗学，这种对话空间的构建，使得他的诗充满着张力和想象的空间。从世界优秀的诗人来看，都有一个共同的特点，就是忠于自己的内心，坚守灵魂最纯净的质地，不会为一时的利益而出卖自己的灵魂。因此，写诗与做人一样，好的诗就是诗人人格的物化和诗意表达。

第三，缘于思考。胡杰也是一位思想型的诗人，他写诗，有感性世界的表达，也有理性的思考。他的不少诗里，有思想的锋芒，也有哲人的洞察，他试图把诗写得美一些，但也没有放弃以诗来言志并向世界传达他的理想。如《星星》："星星/用传说/改写历史/改写命运//大地/用沉默/接受历史/接受命运//时间/是二者博弈的/唯一筹码"。这首诗里的"星星"，不是孩子眼里那颗"星星"，是一位练达人生的哲思。如《局外人》："无知的风/乱翻大地的书/文字纷纷逃离//雨一遍遍/在雕刻大地/精美的掌纹//道路沉默/钟声死于黑夜/一个孤独的人/与失眠对饮//你/不动声色/记下全部的细节"。这首诗里，"局外人"是一位生活的智者，他经历过复杂的事象，也遭遇过坎坷的人生，他享受过孤独，也领悟了沉默的内涵。还有《距离》《古城墙》《僧人》《一条鱼的生活》《空心人》等，它们都展示了诗人对生活、生命、世界，乃至宇宙的思考。诗人不是宗教信徒，但内宇宙却是独特而空大的，他是乡村进入都市的游子，也是一个多元化世界里的哲人。诗与哲理是一对孪生兄弟，优秀的诗人通常也是哲学家，因此，勤于思考，敏于批判，才是诗人追求的正道。胡杰的诗，在诗歌与哲学之间言说，表达并散发出迷人的思想的光芒。

"这个安静的夜晚/虫子集体失声/它们在为沉睡的大地/沉默//这样安静的夜晚/没几个/无论是夜色凝重/还是

星光斑斓/能让时间也沉睡/走进虚静的深处/就是人间的奢侈//静多好啊/让一切都慢下来/慢下来/因此　我听见了/一首诗中/文字跑动的声音/看见疲惫的灵魂/露出闲适的微笑//静多好啊/我听见了自己/心跳的声音/也听见了大地/心跳的声音/和人们前进的脚步”。这是《沉睡》一诗，是诗人安静时的自白，也是诗人内心的写照。很有意味的是，“沉默”“安静”“孤独”“夜晚”等意象在诗集《贴着时光行走》中反复出现，可见，胡杰的诗大多是在沉静的状态下写出来的，他的诗是安静的文字，他在安静时用文字构筑了一个安静的诗意世界。

无疑，胡杰的诗追求安静的美学，他的诗诗句安静，意境安静，当然，诗心安静，也让读者的心灵安静。这种诗学是安静的诗学，是都市生活背景下，机器时代和信息时代的人类过分追求物欲时一种最美的艺术追求。

安静的诗学，是一种超越的诗学；安静的诗学，是一种后现代社会诗人向古典之美致敬的诗学。胡杰的诗，以安静的诗学而立于诗坛；安静的诗学，将是新诗最迷人的美学方向。

2019年6月16日写于上海大学

（谭旭东：文学博士、艺术学博士后，著名作家、诗人、评论家，上海大学文学院教授、博士生导师，曾获鲁迅文学奖、冰心图书奖等奖项，出版文学作品集90多部、译著60多部、论著20余部）

# 从不与风辩论，吟唱着淡雅忧伤的歌

杨广虎

胡杰先生是我的朋友，多年前就热爱诗歌和文学，尽管因为生活、工作的缘故，可能写作停了一段，但心中文学、诗歌的火焰还在不停地燃烧，“文学依然神圣”的责任感和使命感尚存，坚守着自己的理想和信念，一直默默地书写着自己的诗歌。

人生不应苟且，应有诗和远方。“诗和远方”如太阳一样让我们忘记困苦，在平庸忙碌的生活中，我们只有寻找自己的诗意生活，才不枉来人世一场。网络再发达，人工智能化再发展，可以组合拼凑出所谓的“诗歌”，但无法写出打动人心的“诗歌”，因为真正的“诗歌”是有血有肉、有灵魂的精神产品，任何的物化只是徒劳。

读胡杰的诗，我感到他一直在坚持独立写作，无关风月，一首首，一句句，写下了属于自己心中的歌。

首先，是他对生活的敏感。作为一名诗人，要有丰富的文学修养，更要有一颗“敏感之心”；这种“敏感之心”有可能是与生俱来的，是悲天悯人的善良之心。他的诗，由身边的事和人展开，例如“山水故乡”中的村庄、农田、小草、白杨树、傻子、算命先生等；“风月无边”中的河山、岁月、井、石头、局外人等；“心灵行走”中的古城墙、僧人、奶牛、蝙蝠、电线、茶、墙等。他从现实生活中的自然万物，以诗化的语言，上升到灵魂的拷问，写下了许多好诗句，例如：“站立的分量/就像那些落叶/从不与风辩论/却分明有/东山再起的野心”（《夜读》），“当冬天收走/最后一片飘零的秋叶/我悲怆地宣布/我无法改写历史/更无法改变命运”（《变脸》）等。这些诗，由“落叶”上升到对生命、命运的思考，敏感的诗歌触角让我感到了作者对生活的观察和对自身的反省，疼痛之余，更多沉思。

其次，是语言清新、流畅、自然。现在有人说，写诗的比读诗的人多，一方面说明诗人不少，我觉得更多地反映出了我们的诗歌和现实的脱离，各种诗派，招摇过市，轰轰烈烈，昙花一现。诗歌应该是属于很自我的，但一些诗人过分强调“小我”，诗语艰涩难懂，不知所云。读胡杰的诗，他的诗语是清新、流畅、自然的，善用短句，沉着平静，在一种舒缓的节奏中，让我们感受到了淡雅的诗美。诗歌之美，我觉得应让人在朗读或阅读、默读中，感受到她独有的文字美、音乐美、善良美、温暖美，向上向善之美。胡杰从日常的生活叙事中，以诗歌艺术的眼光，抽离、剥离了一些非诗的因素，让诗歌的翅膀轻盈地飞翔。例如《告诉你》中的“我不能告诉你/更多的你想知道的秘密/或许我也不知道//但我要告诉你/昨晚我听见了/河水解冻的声音/那是春天的声音”，《幸福》中的“这个春天的午后/一切如此简单/生活的惊喜/总是出其不意”等等。胡杰的诗，宛如春风拂面，带给我们阳光，同时又情感细腻，出其不意。

胡杰还不停地自我反省、剖析，拷打自己的灵魂，最终表达出自己独特的多思、多虑的家国情怀和诗歌精神。诗歌的内核是思想——自己的不凡思想，这种思想的影响力和持久力是最重要的。胡杰的诗，在轻快的语言中，一层层打开包裹的皮囊，为我们呈现自己的思想，这种思想有玉的光芒、玉的坚硬、玉的温暖、玉的决绝。在他大量的诗句中，可以感受到这一点，例如“只有你，未有归期/我知道/你还没有打完那场/如梦如幻的/人生游戏”（《归隐》），“漏洞百出/没有足够的理由/向这不断涌来的雾/这生活的迷雾/做出一些深刻的解释”（《雾》），“当岁月老去/情绪与一切都无关了/因为我们虽有厚颜/但不无耻”（《情绪》），“一条鱼/在远古的陶罐上游动/在纸上/向着光明游动/在梦里/游进黑暗的深渊/这是虚构//最后/它将一根鱼刺/扎在我心上/这是非虚构”（《一条鱼的生活》），等等。这些独特的个人诗句，在“心灵行走”中，不断出现，显示出他诗歌的不断成熟，人生历练的不同凡响。

纵览胡杰的诗，从清新、自然、阳光到老成、深思、多虑，从不与风辩论，一个人，简单地生活，没有被生活和世俗的社会所裹挟，没有被沉重的文化所压抑，坚守着自己的心灵底线，向往着诗歌、生活的一切美好，给我们吟唱着一首首淡雅忧伤的歌。

人总是要有点精神的。如果一个人心中有诗，即使坐在井中也想着满天星辰。在这个春天，读胡杰的诗歌，让我感到了蓬勃、自信，也让我感到了诗人的责任和使命。春天即将过去，历经夏秋，走向冬季，胡杰先生也说过，“季节把我推到了冬天的边缘/我紧了紧衣襟/望着芦苇瘦挺的背影/加紧了脚步”（《独立》）。尽管岁月无情，但人心还在。让我们向着诗和远方，诗意地生活，以伟大的诗歌，记录我们心灵成长的痕迹，并与这个社会相互映照，在疼痛中快乐地歌唱，抒写我们的情感和梦想，和大家交流、分享，一同行走在阳光路上。

2019 年 4 月 29 日匆于止园饭店

（杨广虎：中国作家协会会员、中国文艺评论家协会会员，作家、诗人，出版个人作品集多部，曾获西安文学奖、第五届冰心散文奖理论奖、第三届陕西文艺评论奖、中华宝石文学奖、中国徐霞客散文游记大奖等）

# 目　录

## 山水故乡


003　村　庄

005　农　田

007　田　埂

009　插　秧

010　麦子，伟大的预言家

012　小　草

013　白杨树

014　我们不及草木

015　路

016　灯　光

017　行　者

018　家

020　从西安到成都

022　城　市

024　忧　郁

026　傻　子

028　　算命先生
029　　父　亲
031　　母亲的电话
034　　蚂蚁搬家
036　　生　日
038　　烤　火
040　　原　谅
042　　归　隐
044　　归来仍少年
046　　一　生

## 风月无边

051　　河　山
053　　幸　福
054　　沉　睡
056　　岁　月
057　　井
058　　石　头
059　　星　星
060　　黄　昏
062　　情　人

063　夜　读
065　昨　夜
066　局外人
067　变　脸
068　雨的另一种描述
069　落　叶
070　雾
071　酒　杯
073　告诉你
074　真　相
075　天·地·人
077　面　孔
078　冬　至
079　独　立
081　冬　天
082　大　寒
083　雪
086　冷
088　卖火柴的小女孩
089　希　望
091　另一个春天
092　早起的鸟儿
093　复　苏

095　错　觉
096　愿　望
098　这一天
100　本　领
102　叫　春
103　春　雪
105　春　雷
106　春　天
108　春　归
109　开往春天的地铁
110　意　外
111　春天的江湖
113　春　雨
114　保　证
115　一只鸟儿对我叫
116　秋天的语言

## 心灵行走

119　距　离
121　古城墙
122　僧　人

123 奶 牛
125 一条鱼的生活
127 空心人
128 蝙 蝠
130 电 线
132 病痛的启示
134 还剩下什么
135 灯 光
136 葬 礼
138 失眠者
139 茶
140 隐 痛
141 警 惕
143 愧 疚
144 恐 惧
146 磨 牙
148 失 忆
149 我们对于生活
150 喝 酒
151 空 虚
152 另一种说法
153 读 信
154 情 绪

156 算 计
158 选 择
159 就是这样
160 下沉的日子
161 命 运
163 对 抗
165 解 释
166 沉 思
167 真 诚
168 暗度陈仓
169 荒 漠
170 丢
171 墙
172 无 题
173 叶公好龙
174 暗 河
175 白
177 使 命
178 敲 打
179 朝 圣
180 看破不说破
181 干 净
182 拒 绝

183　质　押
185　我不想当孩子
187　游　戏
189　等　待
190　简　单
192　迷　失
193　回忆或许是忘记
194　你　我
196　理　想
198　这些年

# 山水故乡

## 村　庄

想起村庄
就闻到了乡愁的味道
故土的味道

绿是村庄的主色板
叶子与叶子之间
没有交换季节的习惯
相对于土地的沉默
房前屋后的树
表现出了少有的冲动
它们要蹿上天了
相比于树木的冲动
病中的小河
不能完整地叙说一句家乡话
热情的火花
枯萎于
与时俱下的泥沙

暮归的老牛

驮着一轮夕阳
在熟悉的乡村小路
缓慢前行

若有若无的炊烟
因缺少了小孩的吵闹
在孤寂中透着
岁月的沉静
村庄的黑夜早已画好坐标
等待倦鸟栖息

这样的村庄
注定不是一个有
惊心动魄故事的村庄
但我喜欢
它的静
它的慢
以及连接天地间的
烟火味道

## 农　田

农田
大地最忠实
最饱满的诗页
有时摆放整齐
有时被风吹得
错落有致

每一行诗
都是深思熟虑的结果
每一个字
都经历了风雨的
考验与锤炼
每一个标点符号
都无一例外
接受了季节最严厉的检验

父母是这片土地的主人
也是这片土地的诗人
在阳光雨露的见证下

在蓝天白云的见证下
他们饱含深情
在大地上写下
一生一世的壮丽诗篇
小鸟读过
小兽读过
鲜花野草读过
你
也要读一读

## 田　埂

一条蜿蜒的田埂
伸向梦的远方
上面长满了
像心事一样
密集的小草
这是和平的绿色
也是丰收的希望

小草上的水珠
可能是晨起的露水
也可能是昨天遗落的汗水
还可能是庄稼歉收
父母伤心的泪水

岁月啊
早已抹平了
田埂上那些曾经年轻
而充满活力的足迹

没有足迹的田埂

还在固执

固执地

守望着自己的一亩三分地

默默站好

最后一班岗

## 插　秧

三月的水田
是大地冰冷的肌肤
我用赤脚将它焐热
播下全年的希望
倒退一步
眼前便多了一行绿色的秧苗
再退　再退
退到田埂
整块水田的绿
便明晃晃地耀眼
每退一步
视野便开阔一分
希望就多了一点
退到大山外面
就能把世界模糊的脸
看得更清了

## 麦子，伟大的预言家

麦子
一位伟大的预言家
在冬天的雪里
预言来年的收成
在五月的暖风里
预言今年的收成
在茫茫的黑夜
预言明天的太阳
是否在麦芒上燃烧

麦子
一位伟大的预言家
成功预测了
自己的前世今生
却永远无法破解
在海子诗里
麦子的隐喻

麦子

一位伟大的预言家

我问你

既然已经摆脱了饥饿的束缚

为什么

我还要忍受

生活的种种折磨

## 小　草

一年一次
一岁一枯荣
小草活得如此
小心翼翼

从来没有
挥霍大地馈赠的
非分之想
只有一个信念
积蓄力量再生长

## 白杨树

生长，不停地生长
这是唯一存在的信念
除此之外，别无他念
挺起，再挺起
这一生，没有弯腰的理由
除非毁灭

## 我们不及草木

天宽地大
每个过往者都想留下点什么
在这点上
草木是我们最大的对手

虽然想把行走的脚印
留给尘土
但再短的路
也有我们无法到达的尽头
再长的路
也有曲终人散的时候

眼前的路
尽被草木挤占
它们轻松走在前面
挡住我们的去处
扎根大地
探讨思想的深度

## 路

城市的路
因疲惫
而有了归隐的念头
正努力回收
四处延伸的欲望

山间的路
因寂寞
而用丛生的杂草
掩饰荒凉

比这些路更寂寞的
是地下的先人
绝望已堵死
所有回去的路

# 灯　光

一盏
微弱昏黄的灯光
远远推开黄昏
拉近夜色的距离
如豆的灯光
是多少人
多少人
冬天温暖的回忆

一盏
微弱昏黄的灯光
即便无法照亮广袤大地深处的黑暗
即便不能还原黑夜的
本来面目

但我仍小心翼翼
呵护着这温暖的灯光
静待时光
一寸寸
慢慢燃烧

# 行　者

燃烧的夜色
未能照亮你回家的路
故乡
孤岛上
寄宿灵魂的旅馆
没有耳朵的声音
在你身后追赶
像母亲
叮嘱你
路途遥远　小心着凉

## 家

无边的夜色
是高歌猛进的黑色波浪
避难的人群
以家为庇护所
纷纷掩上大门

黑色的海面
有人迷失了航行的方向
有船触上了礁石
看不到灯塔的人
虚掩
虚掩着昨日的家门
让时光的小偷
频频光顾
触礁的船儿
再也找不到回家的路
在时光中慢慢沉没

我

以心安家

岁月静好

## 从西安到成都

从西安到成都
一路向西向南
呼啸的列车
钻山洞
越秦岭
走平原
从泡馍到火锅
怎么也不够

一顿饭的工夫
连接了
十三朝的厚重
与天府的富饶
连接了诵经的雁塔晨钟
与吟诗的烟霞草堂

从西安到成都
一样的路程
不一样的时代与景致

乐在其中

思不思蜀又何妨

## 城　市

我越来越害怕
在这座生活多年的城市
行走
包括它附属的延伸带
害怕
走着走着
突然就冒出一排
居高临下的陌生楼房
像山一样
挡住我前进的脚步和兴致
那些堵在我心里的荒草
怎么拔也拔不掉
那些建立在理想
奋斗口号上的大厦
不断加层与拔高
河流扭曲
农田变形
更多不是路的大地
被恣意践踏成路

路没有尽头

路的尽头也是楼房的尽头

# 忧　郁

想起故乡
想起故乡的寂静
我们的童年衰老了
父母的中年衰老了
孩子的童年束缚在城里
我们的中年漂泊在路上

想起故乡
想起故乡的忧郁
越来越窄的河道
挤扁了负痛而逃的流水
让我也有了剧痛的感觉
那仗着风势
张牙舞爪的白色塑料袋
却在熟睡的夜晚
套在我脖子上
让我惊醒
让我失眠

我的失眠

也捎带上了故乡的忧郁

## 傻　子

我是一个赤脚
在梦想丛林奔跑的孩子

我喜欢看密集的阳光
如何用细线
垂钓日子
这色彩斑斓的鱼

我喜欢看淅沥沥的雨
敲打蕉叶的恶作剧
哦，那只是一个小孩
趴在大人耳边
突然叫醒梦中人的
恶作剧

我喜欢看风张牙舞爪
扮鬼脸的模样
一会儿
它带走了诺言

也带走了我的梦想
无影无踪

我喜欢看丛林茫茫大雪
覆盖下的童话
连同我漂白的灵魂

我在丛林看风景
世人也在风景外看我
他们说
瞧，那个傻子

## 算命先生

夕阳里
故乡的小路被一再拉长
长得像
看不见前途的命运
影子更瘦小
草木更孤单

比小路还细长
比影子还瘦小
比草木还孤单的
是行走在夕阳下的
算命先生
旁若无人
用竹竿为小路指点迷津

## 父　亲

是那庄严
剥夺了你与父亲对话的权利
几十年里
父亲用沉默抵抗
喋喋不休的日子
你用日子抵抗
父亲的庄严

几十年里
无论怎样
你仍生活在父亲
地平线下的目光中
什么时候
接过父亲手中的权杖
开始讨论人间生死
这个简单而深奥的
哲学问题
什么时候
与父亲平起平坐

拔去他心中

孤单的杂草

和抖落的秘密

风雨来临

你匆匆收起的幕布

仍庄严写着

父亲二字

## 母亲的电话

元旦前一天
母亲给我打电话
她说
老家下了一场大雪
足足四五寸厚
带孩子回来看看雪吧
她强调
雪真大
家里都停电停水了
好在过冬的柴火都准备充足了
我和你爸
白天烤火
晚上早早裹进被褥里

母亲描述的大雪
我在小时候见过
那样的雪天
屏蔽了与外界的
一切联系

全家围坐在火塘边烤火
干枯的竹节伴随着
噼噼啪啪的节奏跳舞
炉上的开水吐着水汽
母亲熟练纳着鞋底
孩子们吃着蚕豆
没有人提醒时间的变化
火光照在母亲光洁红润的脸上
她望着孩子们笑了
我们不知道她为什么笑
却跟着她 都笑了
笑声飞出屋檐
惊落了躲在树枝上的雪

母亲的电话
让我的思绪飘得很远很远
短暂的停顿后
我说
妈，你儿媳妇假期要值班
你孙子假期要补课
我假期也要加班
今年的春节
我们，我们

回不去了……

电话那头的母亲忙说
我知道：你们忙，你们忙
要工作，也要注意身体
好好照顾孩子
要啥给你们捎过去

一根电话线
连着我和母亲
我在这头
母亲在那头
一根电话线
连着思念
我在北方
母亲在南方

## 蚂蚁搬家

“蚂蚁搬家，天要下雨”
这话
我听母亲重复了四十几年
今天
又被记忆翻新

四十多年
我不关心蚂蚁搬家
也不关心天是否下雨
因为有母亲在

母亲更像我记忆里的
那只蚂蚁
谦卑地匍匐在
生活的地面
为我们搬来
一个完整的家

因为有母亲在

即使蚂蚁搬家

我们的天空

也不会下雨

## 生　日

每年生日
我都会接到母亲的祝福
她总记得我的快乐
却忘记了她的苦难
这一日
也是母亲的受难日

我和弟弟妹妹
我们的儿女
我们爱人的生日
母亲都记得
记得清清楚楚
每个人生日
母亲都会给他们打个电话
其实
母亲的记忆力并不好
数学也不好
我们一大家人的生日
分布在一年四季的

角角落落

年迈的母亲

像当年在课堂

记着完整的

数字笔记

一年到头

马不停蹄

努力将这些数字

种到地里

不时查看长势

我们每个人

都是她心里的一颗种子

每颗种子都是她的希望

都是她的牵挂

唯一的维系

就是那根电话线

## 烤　火

炉火的余温
还在炙烤冬天的严寒
那些枯枝败叶的生命
在最后的时光大放光芒

炉火上方的一挂腊肉
也在烤火
它一遍遍借着火光
烘烤自己
冰冷的身体
直到把它烤焦烤黑
再也回不到从前

我也在敞开心扉烤火
让囚禁已久的孤独
得到释放

故乡的冬天
简单而冗长

烤着家里的炉火

除了生死

一切都是小事

## 原　谅

请原谅我
对这片土地的挚爱
喋喋不休　口若悬河
也难以真正描绘
对这片土地的定义
大自然更生动简洁
让我找不出任何反驳的理由

贫瘠的红土地
在此乐观生活了千亿年
我
不过是它
一个匆匆逃离的过客
请原谅我的不辞而别

沉重的日子
静静流过岁月的长河
沉默的大山
把父亲的背影压得更低

希望
一个模糊的春天
犹如这不甚分明的季节

今天
我不知道
该用怎样的诗句
才能表达
对那个泥巴里住着的
童年与中年的愧疚之情

简简单单的一声原谅
就能像风刮过原野
不留一丝痕迹吗

## 归　隐

谁还记得
我们曾经走过的那条小路
那条我们童年走过的小路
在暮年时
被突然放大
被重新定义

我们的诺言
没有预定归期
我的提前到达
打碎了一个玻璃似的梦

青山未老
风雨依旧
熟悉的天空
飘荡着曾经的味道
一切安好

从明天开始

打开小屋的门
打开尘封已久的窗
注视你的归期

从明天开始
磨刀砍柴
荷锄种豆
顺便给老牛割点青草

从明天开始
躲进时间的梦里
等你　再等你

只有你，未有归期
我知道
你还没有打完那场
如梦如幻的
人生游戏

## 归来仍少年

故乡山水依旧
波澜不惊
还是一脸平静
拥抱每位远归的游子

桃花还是那样羞羞答答
犹如你珍藏了三十年的
小芳的脸

李花还是那样冷艳无比
犹如父母对土地的表情
庄严而神圣

小鸟还是那样不知人间疾苦
一声声
叫走了多少个
春夏秋冬
你也还是那样
似乎一切如常

你从冬天出走

在春天回来

虽然仅仅只隔了一个季节

但时光已偷偷跑了

三十年

## 一　生

你被黑夜禁锢
解救你的光明
在时间的栅栏外
奔走

你在自己的哭声中
降临
你在别人的哭声中
离去

你一生纠结于
黑白的对抗
命运左右摇摆
岁月已被昨天
磨成绣花针

母亲在另一端
注视你
走完了所有的路程

你的灵魂

疲惫地靠在故乡的大树上

轻轻抖下一片落叶

埋葬自己

# 风月无边

## 河　山

江山如画
我唯一不能确定的
是这万里河山
哪些是曾经的历史
哪些是现实的未来

一寸河山一寸血
大地的伤口
早已被风云岁月抚平
而人们心中的伤痛
尚在过去与未来的
圈圈点点之中
在竞相争宠的年代
人人都在表白
创造历史的丰功伟绩
人有其心
而草木无心

草木绿了又黄

黄了又枯

周而复始

这是真理

同样也适合人世间的

后来者

## 幸　福

一杯茶
一本书
一张纸
一支笔

茶冒着热气
书已翻开
笔在纸上
随心所欲

窗外
红花正在配绿叶
鸟声婉转
阳光恰好

这个春天的午后
一切如此简单
生活的惊喜
总是出其不意

## 沉　睡

这个安静的夜晚
虫子集体失声
它们在为沉睡的大地
沉默

这样安静的夜晚
没几个
无论是夜色凝重
还是星光斑斓
能让时间也沉睡
走进虚静的深处
就是人间的奢侈

静多好啊
让一切都慢下来
慢下来
因此　我听见了
一首诗中
文字跑动的声音

看见疲惫的灵魂
露出闲适的微笑

静多好啊
我听见了自己
心跳的声音
也听见了大地
心跳的声音
和人们前进的脚步

## 岁　月

天高云淡的岁月
好似进出巢穴的鸟儿
天天都在展示
自己的好心情

不老的岁月
未及清嗓与咳嗽
这无声的威严
足以震撼芸芸众生
挑战生死的底线
“人类一思考
上帝就发笑”
说这话的人
早已消失在时间的长河里
只有岁月站出来
一次次指证出处

# 井

那些不忍对视的眼神
都藏着一口岁月的深井
井里的青蛙
早已体力透支
唯有沉默
被困深井的
还有那颗曾经激动的心
拼尽全力
也没有跳出胸膛

## 石　头

一块小小的石头
也有夜的全部情感
沉默与冰冷
还有铁一般的心肠

拒绝了阳光的花纹
拒绝了鲜花的爱情
纵使天空的眼泪
也未必能穿透
这层层包裹的
形式的外壳
面对岁月的质问
三缄其口

因拒绝而孤独
因冷峻而孤独
因孤独而孤独
因孤独而永存
这是一块石头的
真理

## 星　星

星星
用传说
改写历史
改写命运

大地
用沉默
接受历史
接受命运

时间
是二者博弈的
唯一筹码

## 黄 昏

太阳已不再行走
将自己困在
空荡荡的天空
不用言语
便知其中的无奈

原野肃穆
万物颔首
静默等待
天地做最后的对视

没有风
就没有牵扯的思绪
没有风
也没有吹断的句子
没有吹散的词语

不想行走的太阳
就像余生

光环褪去

黑暗爬满面颊

## 情　人

黑夜与诗歌
这对古老的情人
很久很久以前
就开始了一场
正大光明
没有下文的热恋
这是一个秘密
只有诗和远方的人
才知道

## 夜　读

风一遍遍
一遍遍
梳理着枯黄的树叶
写满时光沧桑的树叶
正如我
现在翻阅的
这本古书

没有哪片叶子
自甘堕落
没有哪个生命
放任沉沦
留恋是种本能

有些话不能轻易说出
我看得出
这些散落的文字
至少
曾经掂量过自己

站立的分量
就像那些落叶
从不与风辩论
却分明有
东山再起的野心

## 昨　夜

黄昏掉进
黑暗的陷阱
天空迅速拉上
最后一页窗帘
风如走狗
在原野奔跑
河流噤声
草木示弱
曾经站着的
高大
也矮了许多
唯有火
急红了脸的火
以自焚的方式
抗议昨夜冬天的冷酷

## 局外人

无知的风
乱翻大地的书
文字纷纷逃离

雨一遍遍
在雕刻大地
精美的掌纹

道路沉默
钟声死于黑夜
一个孤独的人
与失眠对饮

你
不动声色
记下全部的细节

## 变　脸

天空
正在上演变脸的川剧
天空下
你内心的江湖
波涛翻滚

一条撒欢的狗
在天黑之前
突然对着无人的空巷狂吠

被激情榨干的老人
以岁月为拐杖
独自走完
最后艰难的路程

当冬天收走
最后一片飘零的秋叶
我悲怆地宣布
我无法改写历史
更无法改变命运

## 雨的另一种描述

雨被细线拽进尘埃
这是下沉的命运
夜是雨的情人
夜的气象台
使秘密公开

雨有十二张面孔
煽风点火后的雨
呈现出疯狂的脸
但诗里没有雨
制造今夜的灾难
只有述者在此
加重停顿的语气

## 落　叶

一片落叶
代表了什么
无非是每天
都在进行的生生死死

一片落叶
多像一个人的
手心和手背
一边写满辉煌
一边写满辛酸

## 雾

浓雾
正在遥远的地平线招手
如潮水般
很快席卷大地

漫过树梢
淹没鸟巢
漫过屋顶
淹没呼吸
漫过书本
淹没文字

失去文字的语言
如一条搁浅礁石的船
漏洞百出
没有足够的理由
向这不断涌来的雾
这生活的迷雾
做出一些深刻的解释

## 酒　杯

酒杯是历史的传承者
酒杯也是现实的开拓者
从古到今
日夜忙碌
却没有时间死亡

酒杯装酒也装愁
装酒时
今朝有酒今朝醉
莫使金樽空对月
装愁时
举杯邀明月
对影成三人
送别时
劝君更尽一杯酒
西出阳关无故人
壮行时
今日听君歌一曲
暂凭杯酒长精神

豪迈时

醉卧沙场君莫笑

古来征战几人回

而我用它

装我的影子

我的影子

端坐

酒杯

没有酒

没有愁

## 告诉你

我不能告诉你
更多的你想知道的秘密
或许我也不知道

但我要告诉你
昨晚我听见了
河水解冻的声音
那是春天的声音

哦
那是春天
那是希望

## 真　相

重重浓雾
布下生活的迷宫
不管你愿不愿意
必须义无反顾地踏进
这生活的迷雾
在生活中讨生活

拨开迷雾
你发现的
不一定是生活的真相
满眼皆为烟云
唯一的真相
深藏心底
秘而不宣

## 天·地·人

天空
蓝色的海洋
抑或是其他
波涛汹涌
风平浪静
所有一切都取决于你的心情

大地
有四张面具
表现喜怒哀乐
有两色旗帜
唤醒你未知的
前途

我
用抚摸过大地的
风的手
抚摸自己仰望天空的额头
岁月的刻痕

犹如大地沧桑的

皱纹

提醒你

还不够成熟

还需要成长

## 面　孔

大自然其实很简单
她有四张面孔
但我们熟视无睹
没关系
或长或短的人生
于她仅是一个符号
我们很快会走进
最后一张面孔
人生的冬季
冷酷而漫长

## 冬　至

冬至
昼短夜长
光明屈服于黑暗
对放生的鱼儿而言
这里没有黑暗
是阳光明媚的一天

## 独　立

独立寒秋
芦苇顶着满头白发
挺着干瘦的腰板
等待冬天的检阅
被寒气蒙住双眼的天空
视而不见
落单的小鸟
偶尔驻歇
无非是讨教遗漏的细节

我回头走过的路
春天的鲜花
夏天的繁华
秋天的辉煌
都已远去
只剩一个被岁月拉长的影子

季节把我推到了冬天的边缘
我紧了紧衣襟

望着芦苇瘦挺的背影

加紧了脚步

## 冬　天

冬天
大地的母亲
干枯的身体正孕育
我们期待的春天

草木肃穆
垂手而立
等待季节的号令出征
她们已积累了足够
在春天爆发的力量

将军暗夜帐内
细读兵书
随手翻过
冬季苍白
苦难的一页

## 大　寒

今日大寒
人们奔走相告
庆幸又过一年
我还未想好怎样应对
季节发出的最后一张
节气的令牌
如果我此时
从埋伏的诗丛探头探脑
是否会吓退
蹒跚而来的春天
以及曾经鬼鬼祟祟
而今招摇过市的
满头白发

## 雪

Ⅰ

雪满山岗
填补了一年中
最后的几个窟窿
使这年终总结
看起来更加完美

Ⅱ

一棵枯树
高举一个巨大的鸟巢
向天空讨水喝
雪不解渴
在鸟巢有过短暂停留
无意间
完成了一幅水墨画的
点睛之笔

Ⅲ

没有风
雪的世界是无声的
那些在城里奔跑的声音

终年忙碌

Ⅳ

绿蚁新醅酒

红泥小火炉

每朵雪花都带着醉意

摇摇晃晃来到人间

Ⅴ

无声的雪

在地上

无声地

燃烧自己

Ⅵ

雪是一种白

一种高度提纯的白

一种人生的苍凉

它落在头上是白发

它落在心里是苦水

Ⅶ

再小的雪

也有棱角

再轻的雪

也有重量

回归大地是必然的

万事万物

芸芸众生

没有一种

你有轻视的理由

Ⅷ

雪与夜

像泾渭分明的

一条河

也像黑白分明的

人生

毫不含糊

## 冷

也许这个冬天并不冷
既未下雪
也未结冰
阳光还在大地游荡

夜晚微弱的灯光
照着泛黄的书页
“朔气传金柝，寒光照铁衣”
像针般刺痛了他
一股冰冷的寒意
由脚凉到头

此时
一场攒着千年寒光的雪
正在他心头
无声飘落

他听见
遥远的荒原上

那些裸露在冰天雪地
发着寒光的白骨
在凄凄地喊
“冷！ 冷啊！”

## 卖火柴的小女孩

在这个寒冷的冬天
我想起街头
那个卖火柴的小女孩
我要给她
一盒
甚至更多的火柴
或者买下她
所有的火柴
不再让风吹灭希望
不再让雪流泪

我还要给她
一个五颜六色的魔镜
无论转动哪一面
都有一个彩色的梦

在这个寒冷的冬天
这些美好的想法
足够温暖

## 希　望

一个冷峻的词语
向冬天的丛林深处挺进
潜入大地的每寸肌肤
当接近尾声时
春天就在远处招手了

这一切
无人关注
似乎也无人反对
毕竟
生活的细节
只被少数人用心收藏

芸芸众生
走在人生的老路上
不断重复昨天的往事
和熟视无睹的未来

如果这不是

你要的生活
去吧，去吧
到冬天的原野丢掉伪装
在枯枝落叶的背后
寻找绿色的希望

草木虽不及众生
但人的这一生啊
说长也长
说短也短

## 另一个春天

冬天
比我早起的阳光
照在窗帘上
窗帘上的花朵
霎时鲜活起来
犹在春天开放
只是将我
排除在外

## 早起的鸟儿

一群早起的鸟儿
在黑夜飞出林子
飞向城市
在马路两旁
等候
早起的虫子

## 复　苏

冬去春来
冰封的情绪慢慢复苏
连同复苏的
还有被灿烂阳光
深翻几遍的大地

那些被寒风
吹得千疮百孔的漏洞
已被春光一一修补
完美如初
只剩下
春光荡漾着希望

小孩雀跃般的欢呼
是最纯真　最美妙的声音
绝胜万钧春雷
小鸟高挂树枝
怎么也表述不出
一句完整的话

急得花枝乱颤

这一刻
我们仿佛在经历一场
人生的穿越

## 错　觉

冬天的阳光
把人的脊背照得发痒
加上几朵反常绽放的小花
让我仿佛
在另一个季节行走
这种错觉在生活中
也时有发生
一个再精明的人
也有走错门的时候

# 愿　望

这是冬天
阳光播下的种子
还没有发芽
还没有开花
还没有结果

要实现这个愿望
你必须再等等
等一个季节
阳光落地的声音
等一个季节
风向转变的拐角
等一个季节
雨水掩面而泣

你要再耐心一些
等待的愿望
不大不小
不长不短

# 这才是一个
# 精致的人生

## 这一天

清晨
太阳从死亡中涅槃
黎明扯下大地
最后一块
黑暗的遮羞布
早起的虫儿
已被鸟儿咽下肚里
孩子
已被课本拴住
野性的冲动

中午
没有瞌睡
依然精神抖擞
做半天总结
人们用零星的脚步
回应

下午

时间被茶叶泡涨
家
一个久违的名词
被突然点亮

夜晚
黑暗沉睡
时间清醒

## 本 领

靠着伪装的本领
小草
又一次躲过
冬天的追杀
在某个季节
死去活来
或者说
死而复生
让我们所有的人
大吃一惊
无话可说

不要讨论年龄
这样的隐私
它们藏得太深
在我们眼皮底下
年复一年
周而复始生长

让人们看到一个

长生的希望

# 叫　春

一只猫追逐另一只猫
被欲望点燃的声音
在深夜毛骨悚然
它们浑然不知
仍忘情地在声嘶力竭
一遍遍
向春天发出
求爱的信号

## 春　雪

墨分五色
雪为绝色

一夜寒风
又将刚刚冒头的春天
吹到了地平线之下
早晨　苍茫大雪笼罩四野
关门闭户的人们
谁也不知这个夜晚
经历了什么

天气无常
如反反复复的人生
细想
似乎这也是常有的事

远处
扫雪的清洁工
拿着笤帚在大地上比比画画

如一片落叶在翻滚

天空

一寸一寸矮下来

## 春　雷

我一直满怀期望
在等待
等待那来自遥远天边的
一声呐喊
在头顶绽放出
耀眼的花朵

我的等待太漫长
一年一次
我需要听到那一声
确切的答复
那是春天对大地
亲切的问候

## 春　天

Ⅰ

春天无大事
无非是熟视无睹的
一些花花草草
争宠斗艳的纠结

可有些事
摊在卑微的生命头上
就是头等大事
人生一世
草木一秋
生死之间何其短暂

草木的种种表现
在春天
不过是
换种活法而已

Ⅱ

春天

我不知道是不是

最美最好的季节

既有

“草长莺飞二月天

拂堤杨柳醉春烟”

又有

“一年好景君须记

正是橙黄橘绿时”

大自然的事

大自然自然懂

不用我们瞎操心

## 春　归

好个春天
桃李酿酒
蜂蝶买醉

东风摆渡
春光摇橹
客是碧仙子

蛙声阵阵
惊醒池塘春梦
一枕晓风残月

休道春归迟
河山万里新
问君归不归

## 开往春天的地铁

湖水再次苏醒
只打了个哈欠
湖面便活泛起来
波光粼粼
生机勃勃

阳光还在去年的老地方
再次咬了一口
枝条便肿起了
绿色的苞

我们要知道
争春莫急
赏花待开
一转身
春天便到了
再一转身
你已面目全非

## 意　外

天幕低垂
大地阴郁
这是一个
被雾霾包围的隆冬
天地一片寂静
所有的呼吸
堵在半道
只有窗台的一盆海棠
意外绽放
鹤立鸡群
傲视大自然的权威
火红的花朵
像大地流出的鲜血

## 春天的江湖

春天的江湖
早已不平静
地下看不见的蚯蚓
正在蠢蠢欲动
还有无名的小虫
在漆黑的雨夜
阴谋暴动
我装作什么也不知道

二月的风
过早发起了
战争的信号
柳叶刀　梅花剪
重出江湖
桃花扇　杏花雨
招摇过市
不甘寂寞的鸳鸯蝴蝶派
与蜜蜂小精灵
大战花果山

太阳射出的金箭
纷纷坠落
无非给连天的战火
再加一把火

大嘴的青蛙
在夜深人静的晚上
还在添油加醋
搬弄是非

草色逼人
乱花迷眼
我被挟裹其中
心中的江湖
翻云覆雨

## 春　雨

一场雨算不了什么
既不能代表
泪水的形状
也不能洗掉
时间活得太久的苦痛
只是让整个冬天
闲得发慌的大地
在心口长了一层毛
一层层绿色的绒毛
向四周蔓延
从上到下
静静的夜里
我听见了
大地心花怒放的声音

## 保　证

花开两色
人无二心
万花丛中
我将一颗硕大的心
一收再收
一紧再紧
保证将它
永远放在肚里

## 一只鸟儿对我叫

一只鸟儿对我叫
在迷途的黑夜
在光明的早晨
在紧迫的黄昏

我终日穿梭在
隐形的丛林
还没解开季节的纽扣
和生活的疙瘩
这鸟语实在难以探究

鸟儿的鸣叫缘自
一小片绿色家园的快乐
这叫声重新唤醒我们
失声已久
重新歌唱的欲望

## 秋天的语言

站在秋天寥廓的大地
除了激动
还能干什么
这是此生唯一的理由

秋天的语言
有多种说法
你可以问历史
问大地
甚至一枚果核
一片落叶
秋天从不言语
却展示了帝国的辉煌

# 心灵行走

## 距　离

我不想谈遥远的道理
我只关注
短暂的距离
和明天的生活

你与儿子的距离
是一只飞鸟的距离
你与父母的距离
是一段铁轨的距离

季节与季节的距离
是叶子与叶子的距离
白天与黑夜的距离
仅隔着黄昏与黎明
天空与大地的距离
是目光遥望的距离

生与死的距离
阴阳两隔

也只是一念之间的距离

你与世界的距离
也不过是
手指敲击键盘的距离

## 古城墙

一段历史
一段岁月
一段悲欢离合的往事
连接成一座远古的城墙

多少次
我偷窥城墙
时光的秘密
如不知人世苦难的虫子
怎么叫也叫不醒
一个沉睡的王朝

夕阳下的城墙
如此渺小
既没有改写历史
也无法阻止前进的脚步

那个苍老模糊的身影
请不要转身
别再次刺痛我的双眼

## 僧　人

我见过千人一面的僧人
也见过千篇一律的日子
千人一面的僧人诵经
扎紧日子的篱笆

他的心
在千篇一律的中央
身后
一道长堤
挡住滚滚红尘的秘密
身前
一叶扁舟
载芸芸众生驶向彼岸

经幡飘动
万物皆动
唯有心
静若止水

## 奶 牛

你喝奶的时候
你会想起奶牛吗

奶牛文着醒目的文身
文着白天与黑夜的标志
似乎在警示我们
不可虚度时光

它无力反抗
那条系着自由与命运的绳索
只能拼命吃草
吃草
让奶水浇灌自由
试图改变被囚禁的命运

确切地说
我喝奶时
根本不会想起奶牛
就像吃鸡蛋时

不会想起母鸡一样

也许
我们有相同的宿命
我也有隐形的文身
在白天展示黑夜
在黑夜怀念白天

我也曾被生活的绳索
牵着走
曾被命运的绳索
紧紧捆住

不同的是
我吃了许许多多的食物
却从不曾挤出一滴奶
为此
我深深地惭愧啊

## 一条鱼的生活

你信与不信
一条鱼的全部生活
由现实和虚构组成

一条鱼在水中
向你讨好
扭动身体跳舞
陶醉在孤芳自赏中
这是现实
但它未能逃脱
被人果腹的宿命
这也是现实

一条鱼
在远古的陶罐上游动
在纸上
向着光明游动
在梦里
游进黑暗的深渊

这是虚构

最后

它将一根鱼刺

扎在我心上

这是非虚构

## 空心人

像天空的空
像黑夜的黑
不可触摸的虚
却有核桃般
曲折而坚硬的外壳
需砸开才能深入内心

不明就里的人们
还在为此
疯狂加持
注满自己的期望与信任

空和满
我不知道转化成
怎样的哲学命题
才能更准确地
定义生活
定义明天

# 蝙　蝠

这是我最难下笔的
一只鸟
或一只兽
更难的是
我还要将其
做成一首诗的药引

囿于身份
只能昼伏夜出
在夜色中与黑暗
互相欣赏
彼此的孤独

也有偷天换日的时候
白天现身于
一件远古的瓷器
被精心涂上象征的色彩
打上隐晦的标记

即便如此

人们也从来没有停止发问

这是谁

## 电　线

一根电线
在崇山峻岭中
负重前行
一根电线
在平原河流上
赌命奔波
无一例外
都紧绷着脸
像一条
挑战生活的底线

其实不必这么严肃
换个角度
这一根根电线
有的轻描淡写
有的浓墨重彩
像一幅
画在天空的印象画
给人无限遐想

生活本就是这样

需要换种活法

## 病痛的启示

病痛
使你露出了本来的面目
就像冬天
寒风中孤寂的落叶树
再也没有什么遮遮掩掩了
现在　再多的赞誉于你
不过是一个沉重的感叹号

你开始重新定义生活
开始考虑生死
你在窗前眺望群山
和被记忆拉得很长很长的
起伏人生
想起清晰的家人
模糊的朋友
多余的往事
甚至
想到了你的墓碑
和你墓碑上的最后一个字

病痛

让你成了一位睿智的哲学家

## 还剩下什么

大雁在天空打了个草稿
秋天就走得无影无踪
发黄的照片
除了记忆
还剩下什么
我们这一生
除了骨灰
还剩下什么
只有永恒的夜
永远咧着嘴笑
笑那些在迷途中奔走的人

## 灯　光

有的灯光
在墙上开花
有的灯光
被埋入地下
等待黑暗的发落
压制的痛苦由此而生
尽管灯花不结果

有人不以为然
在大海的波涛中抒情
有人被升降机
送上权力的顶峰
星星冷眼旁观
一块青砖的历史

远处救护车扯着嗓子
正用灯光
扫描道路

## 葬　礼

风已代替你们
为我吹起呜咽的唢呐
因此
我不再需要你们的
悲伤和眼泪
我的亲人朋友们

我来的时候
一无所有
我走的时候
却如此富有
我的这一生
充满苦难和坎坷
这恰恰是我
最宝贵的财富
因此
我不再需要任何
加重彼此负担的东西

我的亲人朋友们
请不要悲伤
我不过是那个
你们派往天堂的
信使
我将代表你们
与上帝对话
因此获得永恒

## 失眠者

随着夜色的深入
时间坚硬如铁
及时阻止了睡眠的入侵
现在田园全荒
已无豆可数
可怜的人啊
只能一遍遍
用时间去撞击时间的铁门
即使在编织梦境的诗里
也是如此孤独而痛苦

## 茶

抱着赴死的决心
在沸水里三翻三滚
三煎三煮
然后把自己
一一烫平
一一舒展
再把这些受苦受难的经历
轻描淡写地倒出
让其随波逐流
留下一段
被时间煎煮的岁月
给饮者品味

## 隐　痛

人到暮年
诸多不便
最难掌控的
不是时间
也不是金钱
而是自身的零部件

那些磨损的零部件
就像青年时代埋在身体里的
一枚枚暗器
一直在沉睡　一直在等待
在风烛残年月黑风高的夜晚
蓄势待发
将你从梦中生生惊醒
漫漫长夜
隐隐作痛
极像一段黑暗中
历史的隐痛

## 警　惕

警惕
大海内心深处
掩藏的
居心叵测的笑

大海的笑
是一场黑色的灾难
谁在现场目睹
大海的微笑
谁就意味着
灾难的开始或结束
一辈子的
大海阴森森的笑
让多少人
由人间天堂
坠落地狱
多少个
撕碎的家庭
多少个

撕碎的梦想

在海浪中此起彼伏

是那些永不瞑目的双眼

看着海啸怎样作孽的

人间惨象

警惕

因时间的流逝

而忘掉记忆的伤痛

让大海笑声的阴谋

再次得逞

## 愧　疚

我满怀愧疚

一遍遍推开

盛满夜色的酒杯

为了风的邀请

为了明天伟大的事业

我岂能在梦中沉醉

## 恐　惧

每个夜晚
我要花一定时间
独自在灯下
梳理羽毛
用灯光荡涤灵魂的污垢
即便如此
明天上路
我仍心怀恐惧

害怕什么呢
饥饿已经远去
战争已很久远
瘟疫已被扼杀
你看
乞丐的脸上都挂着微笑
还恐惧什么呢

我害怕夜晚失眠
因为没有更多时间

让我挥霍
我害怕发言
语言的利箭会射向何方
我害怕吃饭
因为我不知由谁布局

因为过多的恐惧
我正在变形
变形为卡夫卡的
那只甲壳虫

## 磨　牙

妻说
我昨夜又在磨牙
咬牙切齿
声音可怖

我丝毫不怀疑
我对生活的执着
即便在梦里
也如此坚持
以至于
如痴如醉如狂
如死般浑然不知

面对新的一天
面对新的生活
我无所畏惧
所恨所憎
已在昨晚的另一个世界
被我诅咒与咀嚼

千遍万遍

现在一切已安然释怀

## 失　忆

病痛像一枚
出膛的炮弹
将许许多多美好的记忆
一一击沉
击沉
一直沉到大海深处
沉到没有威胁的无人角落

如果说
忘记意味着背叛
我情愿承担
这非我本愿的
忘却之名

太阳啊
宽恕我吧
我已无力偿还
这光明的巨大债务
唯有在黑夜
大声祈祷

## 我们对于生活

生活对于我们
是阳光
是雨露的恩惠
是雷霆
是巨浪的警告

我们对于生活
是小草
是尘埃的卑微
是浪花
是蝼蚁的渺小

斗转星移
拨云见日
江河不废万古流
唯有我们
前不见古人
后不见来者
是自己的唯一

## 喝　酒

酒越喝越少
话越说越多
过了度
一切都成了多余
再清醒的词语
也有了摇晃的醉意
再美丽的承诺
也是酒话
当不得真
当不得真的
还有那些酒酿的诗
一不小心
你孱弱的心
也会因此熊熊燃烧

## 空　虚

旅行的空虚
充满气球
被一路紧紧拽着
这是一段令人难堪的时光
可怕的月光
正在加紧制造孤独的气氛
莫名的恐惧
已轻松闯入你的领地
哦，一个孩子的笑容
打破了这个僵局
失衡的你
快速卸下所有的重负

## 另一种说法

是谁撕开了夜的口子
让这浓浓的夜色
倾巢而出
瞬间包围大地
把人间的苦痛
又重新书写几遍

## 读　信

三十年前的信
纸张早已泛黄
像极了模糊的记忆
所有的文字
都被时光催眠
在清冷的月光中
我一遍遍数着字的个数
生怕有一个
不小心从指缝漏掉

想象它们
怎样翻越千山万水的月光
来到思念的身边
思念有多深
路就有多长

那个接受悲欢离合的邮筒
不敌岁月的诱惑
或苍老　或长眠
早已斑驳得面目全非

## 情　绪

你的情绪
与夜晚有关
寂寞正搭着夜晚的梯子
爬上黑暗的顶端
坐在心头
等待发落

你的情绪
与季节有关
在冬天看到春天的绿
在春天却写满
落花流水的忧伤

你的情绪
与年龄有关
年轻时
精力充沛
感情泛滥
情绪左右其中

当岁月老去

情绪与一切都无关了

因为我们虽有厚颜

但不无耻

## 算　计

在咬牙切齿的夜晚
你痴迷一生的数字
未能将你
从失眠中救赎

你的这一生
陷入数字的重围
试卷　统计报表　银行账单
还有
精打细算的柴米油盐

你指挥这些数字
在人生的领域驰骋
你的一生
都在计算
却最终没有
成为数字的首领

那个在你背后

偷偷改变数字方向的人

已把计算变为算计

他才是数字的国王

## 选　择

曾经有两条路
摆在我面前
我没有好好珍惜
一条说
好好写诗吧
那里有远方
一条说
好好生活吧
你有家庭有孩子

我选择了在夹缝中
活着
用毕生的精力
将两条不相干的路
用力撮合
于是
我活成了
现在的我

## 就是这样

多少年
岁月持之以恒地忙活
衰老他人
自己无恙
是的，就是这样

我们多少人
被仇恨所伤
却还用心养着它
是的，就是这样

夜
让多少人孤寂不堪
多少人还在心里
制造着夜的阴影
是的，就是这样

## 下沉的日子

重力使日子
下沉
一直沉到心底

灵魂使心灵
下沉
一直沉到日子的底线

我们一生都在努力
做一个优秀的驯马师
琢磨如何驯服
狂躁的日子

经书定义分明
有人却整天都在清扫
日子的碎片

## 命　运

大海
把命运交给波浪
让自己瞬间
颠覆在无边的黑夜

白云
把命运交给
莽撞的风
结果一吹
就无影无踪了

春天
把花朵的命运
交给未知的秋天
收获累累硕果

黎明
把白天的命运
交给打鸣的雄鸡

雄鸡一唱

天下白

你不相信命运

却把命运紧紧

攥在手里

在黑暗中

与它偷偷对质

# 对　抗

美梦往往慰藉一时
噩梦
更接近真理

你用白天的春风得意
对抗
夜晚思乡的孤独难眠

你用生命与时间
对抗
元素周期表的衰减

你用繁花似锦
对抗
落叶飘零

你用空洞
对抗
虚无

这些是你该走的路

这些是该你走的路

对抗

是人生不可逾越的鸿沟

## 解　释

我在热闹的都市
等待一个寂寞的人
黑夜来了
冬天快来了
我的寂寞的人
她还没有出现
想想
我对生活
该如何解释

## 沉　思

历史从不缺少空白
也不缺少填补空白的
英雄

当你在历史面前沉思时
已被现实打了一记响亮的耳光
窗户
既关不住阳光
也关不住黑暗

历史是什么
午夜敲过的钟声
还是田野跑过的风
我触摸不到

## 真　诚

如果在黑夜清醒
你不必纠结
这是生活的另一种状态
就像你
在不该沉默的时候沉默

如果一只苍鹰
是的，一只苍鹰
疾速飞向高远的天空
你不必多想
它无非要获得更多的自由

谎言的时代
并不比一个真诚的微笑
更加久远
迷雾过后
我们重新审视自己

## 暗度陈仓

我的头枕在黑夜的臂弯
我的思想却在太阳那里
燃烧
我暗度陈仓
灵魂出窍
我不得不这样做
为了苦短的人生

## 荒　漠

谎言的盛产地
无知的花上结满
愚昧的果实
可那荒漠
却曾是大海的故乡
离真理最近的地方

## 丢

一年又一年
一日复一日
我们丢掉了多少
本该敝帚自珍的
初心、感恩和馈赠
它们被哪条时间的
河流冲走
又被哪些卑如尘埃的人
拾起

我们有时宁可选择失忆
也不愿面对往事的痛楚
实际上
当你选择独自一人
在孤单的灯光前
高谈阔论
你已命中注定
将灵魂丢在阴影

## 墙

生活
一堵沉重的水泥墙
我没有推开
风也没有推开
最后
我们都累了
靠在墙边休息

## 无　题

黑夜上升
缓缓长成一堵
严实的墙
有人在墙脚徘徊
有人在墙体攀爬
据我所知
还无人有过成功的翻越
如果想要翻过这堵墙
只能在一个
希望的早上

## 叶公好龙

一位好龙的
叶公
被一个雷电交加的夜晚
摘下面具
他因虚伪
而成笑柄
长存人间

那些未被指认的
叶公
继续戴着面具
继续行走人间

## 暗　河

我的身体
藏着一条由来已久的暗河
暗河里阴森森的寒气
无声地潜入我的软肋

多年来
我用热血
将它细细焐热
它囚禁了我的心
我囚禁了它的形
它不时用疼痛提醒我
它永远存在

## 白

白
就是这白
我熟悉的白
已从字典
从纸上
跑到一个叫医院的地方

白楼白墙白地板
白色的灯照着的
一群白色的脸
乞望着白大褂

我被白色的药片
和白色的针管
推来推去
我刻骨铭心
对白的认识
早已胜过我白色的骨头
相对于已知的病痛

那些隐藏在我身体的“白”

我只好找一个

最炎热的夏天

拿到太阳底下暴晒

## 使　命

我害怕
黑夜提前推开白天的门
我害怕
大海在波涛中沉没
我害怕
白云载不动天空的愁
我害怕
脚步让道路沉陷
午夜的歌声让叹息失眠
我害怕
给你的承诺遥遥无期
我只能故意打翻
那黑暗中的最后一盏灯

## 敲　打

今天的寒风
又给自己多加了一个外衣

从清晨开始
工地上的一个农民工
就拿着一把沉重的铁锤
叫板冬天

他一直在使劲敲打
敲打那些不成器的铁疙瘩
就像敲打
自己的命运
直到把它们敲打成钢

# 朝　圣

在行走的路上
我们把生命
都放得很低很低
每隔一段时间
就要匍匐于大地
虔诚地上交痛苦与悲伤
这时
一株小草
一块石头
周围的一切都高大起来
当然
也包括自己的灵魂

## 看破不说破

阳光疗伤
草木治病
一转身
又遇见春天
接下来
我什么也不多说

## 干 净

天空

被白云打扫干净

大地

被风打扫干净

你的心

被什么

打扫得干干净净

## 拒　绝

因为要保持一段
长久高远的距离
所以天空拒绝了大地的复合

因为短暂的人生
要求泾渭分明
所以白天拒绝了黑夜的加入

除此之外
似乎再也找不到
拒绝的更好理由
比如爱恨交加
比如祸福相随
比如生死相依

一切都像家乡模糊的季节
自然而然

## 质　押

清晨
一群梅花鹿
拨开灌木丛
顶着一头露珠
和秋天的满足
与我在公园小道上
并肩前行
我们的距离
如此短暂与狭小
唯有静默高大

偶尔对视
我发现一片
蓝天白云的清澈
没有一丝杂质

是的
再没有什么可怕了
她们早已将

最美丽　最宝贵的

家族标志

质押人间多年

剩下的

统统问心无愧

## 我不想当孩子

我不想当孩子
我要做大人
现在的孩子
太苦　太苦

每多一分
就多一份竞争的把握
每多一分
未来就多一份幸福
老师这样说
父母这样说
他们不知道
这一分太苦　太苦

我想要金色的童年
我想要飞扬的青春
我要开心
我要快乐
我想活成

自己想要的样子

我不想当孩子
我要做大人
我要站着说
你们要坐着听

## 游　戏

让时间在石头上滑行
让你在时间中滑行
让阳光在雨中滑行
让雨在尘埃中跌落
埋葬自己

让鲜花在果实中滑行
让无花果站在一边认错
让语言在掌声中滑行
让掌声重重拍打生活
让白天在黑夜中滑行
让灯光点亮天上的星星

让梦想在现实中滑行
让现实向新的地平线致敬
最后
让回忆把童年举过头顶
让你在回忆中回忆

一切不过一场游戏

一切不必当真

## 等　待

先是阴冷的空气
在四处传递某种信息
随后天空被冻住了
只剩下蓝
唯一的摄人心魄的天空蓝
严寒的冬提前来到
提前来到的还有
风湿的疼痛
只有你
既没有提前到来
也没有如期而归
考试结束的铃声已经响起
你说
我是交卷还是等待

## 简　单

世界繁华复杂
诱惑不断织网

我不奢望
石头开花
月亮洗白全世界
阳光照耀每个角落

我简单的要求
被压缩得如此渺小
一支笔
一张纸
已经足够展示我
全部的内心世界

亲爱的
把手伸给我
听听四季的交响曲
风在原野吹笙

雨在瓦上鼓瑟

雪制造了暂时的沉默

这注定是个沉静的夜晚

亲爱的

简单也是爱

## 迷　失

总习惯
在一场接一场的梦中
迷失自己
以为找到了表达理想的
唯一方式

用高谈阔论掩盖
灯光的辉煌
并不比沉默的黑夜
明智多少
我们在有限的一生
醉心于阳光与鲜花
却吝啬拷问灵魂的时间

## 回忆或许是忘记

回忆或许不是为了记住
而是为了忘却
不是吗
当你回忆往事的时候
已然忘记了
今天的存在
明天的希望

学学风吧
风从来不想过去
曾经走过的路程
因自由而永恒
如果你还有困惑
就去寻找神秘的木纹
它从来没有回头的习惯
只有生长的信念

## 你　我

你以天为琴
我以地为瑟
我们琴瑟和谐
合奏一曲
天地悠悠
怆然泪下

你是沙漠
我是骆驼
我经过你的脚印
被岁月抹平
没有人知道
我曾负重前行

你是杨柳
我是雨雪
杨柳依依
雨雪霏霏
别离，别离
一千个声音在挽留

最终被一首诗词
分离

你是桥
我是水
我可以为你
纵身而下
也可以为你柔肠百转

你是白天
我是黑夜
黑夜每天都会准时来推开
白天的门

你是历史
我是未来
历史的沧桑
如一抹神奇的极光
照亮
迷惘的未来

你我之间
总在思绪的网里
纠缠不清

# 理　想

年轻时的理想
如一块燃烧的冰
一门心思想要走出
南方的山水围城
一路向西向北
流浪

没有为什么
仅仅想见
沙漠的大海
戈壁的城堡
如血的残阳
和驼铃的召唤

年轻的精力
如海绵的水
永远是过剩的
年轻的情怀
那杆侠义的英雄旗帜

在浪漫的风中飘扬
可是你
并没有向西向北
一直走下去
你鼓起的勇气在西安停住了
停住了，永远停住了
是什么阻止了你
前进的脚步

暮年的你
曾多次在黑暗中
对着墙壁发问
甚至没有勇气
抬头仰望星空

## 这些年

这些年
我们忙碌
时光奔走
谁也顾不上看
谁的风景

这些年
我们努力奔跑
在追赶太阳的路上
谁也没有留意
时光正在穿过针眼
偷偷溜走

这些年
亲情流浪在外
友情溃不成军
各执一词的背后
谁也无须负责

这些年
由于疏忽
时光乘虚而入
逐渐高过头顶
成为一堵
阴阳相隔的生死墙

这些年
有些事不得不说
有些事永远说不得
有些事已老成了化石
百口莫辩